歌集

朱雀

青輝 翼
Aoki Tsubasa

六花書林

朱雀　＊　目次

装幀　真田幸治

朱雀

枯葦

霜月のひかりに透きてゐのころの穂に芯のみゆ芯はまがりて

枯葦の色しづかなる川原に冬に入りたるひかりのさせり

枯葦にさす冬の日のあかるさを見てをりしばしあゆみをとめて

葦はらにとどまる光とほく見てひとり立ちたり風の吹くなか

花をみるごとくかよへりしろじろと枯れたる葦のひかる水辺を

ゆくりなく刈りとられたる葦むらに来て立つからだの芯まで冷えて

とほき世のティワナク遺跡のよみがへる風ふくなかに石を積む人

頭《づ》の痛くなるまで寒き日の果ての燈火の下に黙しをりけり

雪

あらたまの年のはじめに粉雪のましろく土にふりたるを踏む

初春のひかりすがしき瘤みせて普賢象の幹あらはなり

寒風をあゆみ来たりて塀ごしに咲く蠟梅の花をみてをり

三国玲子、金井秋彦をかつて見き　深くかなしき瞳と思ひき

ベランダにさす冬の日を恩寵のひかりのごとく見てをりわれは

みだれつつとぶしら雪を窓にみて剝落したるごとくに立てり

城跡

風花の散りゐる頃もおぼろにて一日ひと日を消すごとき日よ

潮見櫓あふぐこころよ今日の日の騒だつものを見下ろすなかれ

四肢ふかく冷えてまだ見ぬあくがれにあゆみゆくなり花見櫓に

鉄《くろがね》御門《ごもん》跡の石垣狭き間《ぐわん》抜ければ直ぐ立つ二本の松が

石垣の残りてひろき天守台のぼり来たりつマスクをかけて

八手の葉かさなり繁るいただきに白く今年の花立ちてをり

水門を泡立ちながら入りて来る流れもすぐに濠にまぎるる

風やみて冷ゆる大気か大濠にいま海猫の声のみ聞こゆ

至宝

梅の蕾ふくらむ頃かと窓越しに寒明けの雨みてゐたりけり

外《と》の面に出られぬわれの開きたる「中国王朝の至宝展」図録

古代蜀の玉壁の緑《あを》展示場に見て離れしがまたもどり見つ

出土せし越州窯の五花形盤《ごくわかたばん》青磁の前にこゑなくゐたり

有明

はるばると揺られ来たりて特急の名は有明とおぼえゐるのみ

喪服着てわがうつし身はきさらぎの舗道《しきみち》さむき街に立ちたり

良き歌を送ることなく逝かしめて「今頃来たか」といふにあらずや

その庭にほころび初めし梅の枝ふたもと置かれ棺にをさまる

庭前《ていぜん》の梅の開くを待ちかねてゐたりとぞ聞くその白き花

ひと日経てかすかに口のゆるびたる亡骸ありぬ今のうつつに

斎場の庭の最中の丈ひくき樹冠にとまる二月の光

路面電車の座席にありてくりかへすドアの開閉見てゐたりけり

桜花

うつつなく神水橋《くわみづばし》の電停に降りたる日よりひと月過ぎつ

睡眠の薬ふたつぶ通夜の座に罪のごとくに隠れ飲みにき

わがために筆とりくれし墨跡の「百盗一創」勢ひの文字

ゆくりなく視界の端をよぎりたる彼の日の靴のただ白かりき

枝々のうちかさなりて重きまでひらく桜のはつかな翳り

辻風に桜花落花の舞ひ上がり渦巻きながら吹かれてゆきつ

ただ白き輝きとして花満ちて一生《ひとよ》の悲嘆のごとき桜よ

まぼろしを集むるごとく拾ひ来しさくらの花のひと夜匂ふも

閉ざしたる能楽堂の扉《と》の上に桜が風にのりて流れ来

黒門川日暮れて白く浮きながら水の流れにそひゆくさくら

泰山木

あかときの高みに一つ皎として泰山木の花ひらきたり

松の木の根方に長く伸びてゐし蛇に驚き蛇もおどろく

くちなはに出遭ひしわれは過敏にて木の葉のころがる音にも怯ゆ

ひとりまた一人あらはれ水の辺《へ》に人の寄りゆく大濠の午後

水の辺に坐るわれへとひそやかに亀のあたまが浮きてちかづく

初夏《はつなつ》の梢を過ぎてゆくものを風かと見ればはるか歳月

しろたへの花ことごとく供花に見ゆ　泰山木のこの年の花

薄紙につつみて送る陰刻の花のかたちの白磁の器

傘の袋

冷えピタといふ冷却剤を額に貼り公園までをあゆめるわれか

足指の骨の形が透けてゐるごとく危ふし今日の歩みは

松の木と蘇鉄のあひだにみえてゐる傘の袋はわが落とし物

唐よりの舟の絵高く掲げたる唐人町のアーケイドに入る

肩に貼りし懐炉が少し落ちながらまだ温かし背中のうへに

風によく揺れゐる枝と揺れぬ枝あるを見てをり泰山木に

床の上の桐箱の紐ほどけるをああくちなはに見ゆるまで病む

光雲神社

午後遅き陽の照り翳る道をきて光雲《てるも》神社の石段のぼる

うすべにの木槿の花に露やどり荒津の崎に吹く秋の風

木の間より見下ろす福岡船溜まり初秋の午後の海光のいろ

天平八年新羅派遣の船団も眼下の海を漕ぎいでにけり

葛の花あかむらさきに咲き初めて或るかなしみをわれは思へり

ただならぬ風景として幾百の痩せたる糸瓜がぶらさがりをり

参拝を終はりてなほも居るわれに社務所の明かり消えずにあるも

石段を降りゆくときわが腰に守りの鈴が鳴りてをりたり

契丹

「契丹展」最終の日にひとり来て千年前の品に遇ひたり

宋にさへ天下一とぞ言はしめし騎馬契丹の馬具の数々

銀糸葬衣に金の仮面を被せられ陳国公主が眠る千年

トルコ山古墳より出でし木管の奇跡のごとき鮮しき色

ふと銀の触れ合ふ澄みたる音聞こゆ花文板飾りの前過ぐるとき

鍍金銀板の垂飾り見てあゆみゆく耳に歩揺の鳴りつづくなり

契丹の仏塔上に刻まれて迦陵頻伽はなんと啼きしや

大陸に埃のごとく建ち滅ぶ古き国々その国の民

梅香

この冬の冷え厳しくて梅の花おくれつつ咲く太宰府の庭

きさらぎの光明禅寺の石庭《せきてい》の白砂《はくさ》の渦をみてゐるわれは

古寺《ふるでら》の築地の塀の崩え土に点るみどりの垣通し見ゆ

ふりかへる記憶の中に古寺の観世音寺の梵鐘のいろ

遠《とほ》の朝廷《みかど》ここにありにき都府楼の礎石の上に春の日ふかし

大いなる礎石に偲ぶ楼閣のうへをながるる今日の白雲

かたはらに香る一枝そへられて旅立ちてより白梅は供花

雨水より病みてゐる身は琅玕忌行けざるままに啓蟄も過ぐ

石垣のあはひに萌えて立つ草の百年そよぎゐるごとき揺れ

うつしみの熱あることを寂しめば梅の盛りの弥生となれり

満開の梅の林をゆくわれを虚構のごとく見下ろす我が

白妙にけぶれる梅を遠く見てひかりのなかを歩み来たりつ

宇佐神宮

出帳の帰路の列車に思ひたち途中下車するけふ、宇佐の駅

いくたびも仕入れの旅の往還に過ぎにし宇佐に降り立ちにけり

神橋《しんけう》を渡り来たりて大鳥居くぐる歩みの玉砂利の音

玉砂利のうへに散りたる花びらのさくらの色を踏みてゆくかな

千年このかた斧をいれざる禁足の山に繁れる楠、一位樫

緑蔭のひとつひとつに置きて来し過去のやうなるくらやみはあり

初沢池の古代の蓮の茎はいま折れて鋭く枯れゐたりけり

神宮の大鳥居なる丹の色へ日傘をさしてあゆむ人見ゆ

宇佐神宮宝物館へ入らむとす閉館時間の午後四時ちかく

うしなはれし神宮寺なる弥勒寺を碑文にのこせる孔雀文磬《くじやくもんけい》

十五世紀中期に立てる立像の寄せ木造りの檜の木肌

唐年号天復四年御製の朝鮮鐘《しょう》の飛天の陽刻

桃山時代の古き小面にあひたしと今日来たりしがその面はなし

午後の日が格子をぬけて差し入るを飽かず見てゐつ呉橋の床

神橋ゆ見下ろす川に鯉ひとつあらはれいづる橋の影より

ゆく道にすこし左に傾きて鳥居の影はながくのびたり

午後六時半宇佐神宮発最終のバスは発車すわれのみ乗せて

木槿

塵芥を集めに来たる音を聞く午前二時過ぎの机に向きて

今年またおほき葉群のなかにして泰山木の一蕾《いちらい》は立つ

くれなゐの花芯のいろが目のごとく見ゆる木槿の生垣があり

咲き満ちて木槿はかなし一輪の真白き花はいちにちのはな

しろたへの木槿の花がいつまでも見送るごとくわれを見てゐつ

足許が不意に崩るるといふ予感もちつつ渡る石橋の上

去年の冬あゆみ来しときこの岸に一羽の鷺が立ちてゐたりき

夏草

照りかへす敷道《みち》の暑さよ閉ざしたる能楽堂は炎天の下

唐人町商店街の夕まぐれ真白き花の落雁を買ふ

炎暑の昼　風なきゆふべ　大濠《おほほり》公園をめぐりたる身のほとほと死につ

けふもまた炎暑とならむ朝に来て城のお濠の睡蓮の花

やや深きところに鯉の過ぎつらん金色《こんじき》のいろおぼろに透きて

風もなく光るクスノキ夏の日の御鷹屋敷をめざしゆくかな

三ノ丸御鷹屋敷とよばれたる如水菟裘《ときう》の跡の夏草

石蕗（二宮冬鳥氏の訃報を聞いた日に）

朝《あした》より久留米に降れる時雨にて莚《かひ》の細葉《ほそは》に宿ることなし

秋冷

道に立つ御影の石に幾千の雲母が光るただきらきらと

能楽堂の扉の硝子につぎつぎと映りて過ぎゆく人等の足が

あゆみ来し小公園に橉木の花咲きみちてゐたる静けさ

刈萱のなかに立ちゐて過ぎてゆく色なき風の音を聴くのみ

寒露過ぎの夕焼雲を背に負ひて潮見櫓は南西に立つ

せまりくる闇恐れつつ階段に握る手摺りの錆びて冷たし

梨剝けばひとりの夜半の灯の下に切なきまでに秋気は満ちて

病み伏せる鳥もひとつ歳とりて輝くばかりの秋冷のなか

立冬

微熱あるからだを立てて来し街に靴下を買ふ立冬前夜

風つよき松月橋を渡りゆく怒濤のごとき悔いをなだめて

水面下に群がりうごく黒き鯉見つつ意識は遠のくごとし

黒き鯉ばかり群がる水際をつのる不安に去らむとするも

屋根に散る櫨紅葉の一枚をこころにとめて祠を去りつ

幾枚もかさねし薄きしろたへに鋏を入れつ夜の灯の下

薄紙を重ね切るときかりそめの彼の世のごとく紙の影見ゆ

群れなして飛びゐる鷗みてをればひかりの中に消えぬ一羽は

冬川のほそきながれに映りゐる雲を見てをり黒門橋に

道曲がるときに見つけし寂しさか薄くれなゐのこの帰り花

細枝にとぼしく咲ける花のあり十月桜の名札をさげて

坂道をのぼりきりたる冬の午後香に立つごときさびしさは来る

梅

福岡城二の丸跡の梅園にきさらぎ早き花は零るる

きさらぎのひかりに満ちて城跡に梅の一木はうつつに白し

今年またあゆみ来たりて咲き初めしこのしろたへの梅をみてゐる

声もなく立ちつくすのみ冬の陽に此の世のはての白梅ひと木《き》

未完なる悼歌うたへばしろたへの梅より高く香るとおもへ

城跡にとぼしく咲ける寒梅のああ悔恨のごときくれなゐ

かすかなる気配のしたり石垣の間《くわん》に揺れゐる蔦葉うごきて

琅玕忌

有明でかの日は行きし熊本へ新幹線でゆく三回忌

七重八重の石垣越しに凛として肥後熊本の天守閣みゆ

健軍の夏のあかるき電停に来てくれたりき下駄を鳴らして

住む人の変はりて二年の梅の木にいま白々と花咲きてゐる

白梅よ此所なる庭にすこやかに咲きて匂へよ来る年もまた

柚の実の黄色あかるく輝る家に人逝きてより二年は過ぎつ

借り主もかはりし家の庭の面に落顆の柚の五つ六つ見ゆ

白梅の花咲く枝は束生けに遺影の脇に置かれたりけり

わが知らぬ晩年柔和な遺影へと手向ける酒と供花の白梅

ひともとの白菊持ちてわれもまた手向けの列にならびてをりつ

遺影へとささげられたる一枝に白梅幾つ咲きて匂ふも

今年の桜

うす紅《べに》の縫ひ取りのあるパラソルの白をかざして桜みにゆく

くりかへす激しきめまひに耐へきれず昨日は床を這ひてをりにき

花の下に敷物しきて集ひあふ人らの動きを遠くみてをり

溺れゆくごとく今年の花を浴ぶ指の先までひかりに透きて

茫として月は日はただ過ぎゆくと仰ぐましろきうすずみざくら

ひともとの花のさかりの桜花あふぎてふいに涙の垂るる

去年よりも喪失感のふかまると桜の下に立ちて嘆くも

花筏しろく浮かべてあかつきの水路にこの世のみづ流れをり

夏

原爆忌の映像のみがいつまでも眼《まなこ》にのこる陽炎のごと

原水禁世界大会にかつて見き小石川運動場の旗の林立

（遥かなる夏）

湧きおこる独りの歌に斉唱す　大階段に幾千のこゑ
（或る会場にはいらんとする）

壇上の学生発言の鮮明さにただあくがれて遠く見しのみ
（或るゼミナール・東京にて）

炎天下あゆみ来たればしづかなる濠のおもてに羽根ひとつ浮く

九月

うす紅の木槿の花のひとつ咲く川のほとりを過ぎて来にけり

ひざかりの白く乾ける橋をゆく黒門川に船ひとつなし

水浅き川の底滓《そこり》をひとすぢに白鷺一羽あゆみてゆくも

石塊にただにむなしく日は照りて能楽堂は暮れそめにけり

大濠公園の秋の気配のかそけさに歩みゆくなり日傘をさして

ゆふぐれの道にあゆみをとめてゐる白曼珠沙華ひとむらのまへ

夕光《ゆふかげ》の中ゆくごときさびしさに桜の幹のひび割れにけり

秋日

黒門川けふ水量のゆたかにてボートの白を照らすなりけり

秋の陽のただに虚しとおもふとき歩みは濠の緋の鯉を見つ

ひともとの泰山木を翳らせて大濠公園ゆふぐれむとす

名もしらぬ小さき実なり紫に向かひてゐたるわれのひととき

公園の道のくまみに夾竹桃散りたる花の湿るを踏みつ

ゆふぐれのニセアカシアの幹のうへ蟻がしづかにくだりてゆくも

一本の熊手が松の木の幹にたてかけられて夕暮れにけり

雨

いひがたき悲しみもちて来し園に十月桜の花白くあり

冬の桜みむと来たれる公園の芝を埋めて群衆は立つ

ゆくりなく夥しき旗湧き出づる過去より出でし墓標のごとく

パンフレット渡されて知る群衆は「さよなら原発11・10九州沖縄集会」

降る雨に傘さし白き合羽着て一万人余がここに集ふも

つぎつぎとデモに発ちゆく旗の名に遠き記憶の覚めつつはあり

コンビニの角にてデモを見送りぬ雨に濡れたる足凍えつつ

手をひかれデモの中ゆく幼子が顔あげて見る路傍のわれを

大雪

家を出で百歩足らずをあゆみ来て光雲《てるも》神社の参道に入る

西公園のぼりて此所の境内に春は桜のしだるるを見き

遠山の遥かに霞む頂にひとりし立ちぬ大雪《たいせつ》の日に

白露

しみじみと白露のひかりさす園の生け垣に咲くアベリアのはな

かがやきてゆく雲が見ゆいつぽんの高き蘇鉄が立ちゐるところ

尾の鰭の一振りにして水をゆく鯉はわが立つ位置を過ぎつつ

水辺

ひとむきに風にかたぶく穂芒が埋み火のごと光るときあり

この午後の水面あかるく大濠にたつさざなみは光《かげ》ちりばめつ

街川のみづに浮かべる一艘の小舟の白が身に沁むるなり

水の辺に下りて立てば青々と葦むらなびく夕べの風に

ゆく秋の水辺に立ちて見てゐたる風になびける葦群の青

夕ぐれの道をあゆみて踏む花のアベリア白し土のおもてに

大濠の夕さざなみが照りかへす秋の終はりの微塵のひかり

スマートフォンの液晶画面ひからせて水辺に坐るゆふぐれのひと

時雨

風の吹く道にいできて立冬の松月橋をわたりゆくなり

曇天の枝にとぼしくひらきたる十月桜の八重うすきいろ

ことしまた咲くつはぶきの黄の花によみがへりくる回想ひとつ

古き門の扉に鋲のふたつみゆ夕べのひかりかすかなる中

幾千の枯れたる葦にさしてゐるひかりのありて冬に入りたり

ゆふぐれのみづのおもてにビルの影かすかにうつるをみてゐるわれは

あゆみゆく道の半ばにけふの日のしぐれに濡れてわれがゐるなり

たちまちに時雨は過ぎて篁の竹のあはひに見ゆるあかるさ

立夏

青葦の連なりそよぐ水のへをあゆみゆくなり帽をかむりて

しづかなる日差しのなかを立ちてゐる水辺の葦に風うごきたり

うつくしき五月の葦の葉の緑みてをり石のうへに坐りて

葦叢はひかりの中にいきいきと青匂ひたつごとくに立てり

鈴懸を見て立つわれの足もとに雀がふたつ来たりてうごく

幾百の芍薬の花ひらきたる御鷹屋敷にあゆみをとめつ

ゆふぐれの土のおもてに幾ひらの芍薬の花散りて白しも

原発再稼働反対集会（福岡）

いちめんに白詰草は地に咲きて舞鶴公園水無月七日

笑顔見せ立ちまた坐る見のかぎり一万五千人に埋まる芝生よ

「風船をヘリコプターに振りませう」声に千個の黄の色動く

空撮のヘリコプターにいつせいに手を振る帽を振る風船を振る

遠巻きに集会を囲む警官の中に警視庁の腕章も見ゆ

整然と発ちゆくデモの列の中みどりご眠る乳母車あり

「この国は二度と戦争をしないと誓った」の旗　掲ぐる男の若くはあらず

危ふさのにじむがごとく染む国に紫濃ゆきあぢさゐの花

黒門川

血の色のごとく川面がそまるけふ竹山広をふいに想ひつ

「あの人はどなたですか」と四周に問ひ声かけくれき竹山広よ

四半世紀前より折々くれたりし細き文字の手紙とはがき

初めてのわれの歌集を二十冊買ひてくれにき竹山広さん平松茂男先生

蒸し暑きひと日の果てに暗く光《て》る黒門川をみてゐたりけり

岡下啓子さん（岡山の短歌人会員）

岡南町の雨の舗道を通夜に行く心は急ぐ傘かたむけて

成人を祝ふ日の夜傘たたみわれは入り来ぬ棺の前に

四十二歳《しじふに》のわが悲しみを聴きくれし七十五歳のけふの亡骸

バス停を聞きに入りしがはじめにて岡下さんとわれとの七年

梅雨湿る土より分けてくれたりし蛍袋のふたとせの色

夕凪の川の面のあかるくて悲しみは光る水に添ふらし

身の廻りなべてはかなく透きとほり部屋に浮きたる塵が光るも

歳晩にもらひし梅が玄関にひらきてゐたる今朝のさいはひ

熟れ麦

川の辺をわがゆくときに水面《すいめん》がさびしきひかり放つことあり

中空に雲のかがやく夕暮れを檜の俎板提げて帰り来《く》

ゆふぐれの庭に出せよと鳴く猫のなかんづくながく鳴くのはさびし

あぢさゐの青ひらきつつ藍ふかき蕚あぢさゐは今年も遅る

水無月のいたく淋しき昼すぎの芒の葉群に蝶の沈みぬ

熟れ麦の風に耀ふ歓びを見て立つときのわれのうつしみ

永遠のなげかひ

速見《はやみ》郡《ごほり》 山香《やまが》 町《ちやう》 向野の山道に木通が裂けてぶらさがりをり

山の端《は》に日のあたりゐるとき過ぎて楓もみぢの沈むくれなゐ

とりかへしつかぬがごとく紅《くれなゐ》のかへで紅葉をみてをはりたり

山峡《やまかひ》にあかき楓を見てしより歳月はただ永遠《とは》のなげかひ

朱雀

生垣に朱き芽の立つ太宰府の遠古賀《とほのこが》の道をゆくなり

ゆく道にしづけきにふの雨降りて都府楼跡の石を濡らせり

ゐのころの穂群揺らして降りしづむ雨を見てをりあゆみをとめて

さるすべり花房しろく揺れてゐし観世音寺のかの年の庭

いにしへのおほき仏の衣紋あり永遠に流るるひびきをもちて

墨のいろ消え入るごとき扁額の観世音寺は道風の筆
（小野道風）

鐘楼のふるき石垣夏なれば伸びて葛のみどりそよぐも

あぢさゐの茎はするどく剪られたり雨ふる寺のうすくらがりに

冬瓜の畑にちさき黄の花のまがなしくひとつ咲きてゐる見ゆ

遠山に暮れゆく空のあかるさをみてをり古代の礎石のかたへ

大宰府政庁跡の側溝のながれに低く蛍がとべり

光背の輪郭見えてゆふぐれの毘盧遮那仏はしづまりにけり

片陰る光明禅寺の裏庭にはげしく蟬のふりくだる声

炎天の朱雀の街をうつしよの日に照らされてあゆみゆくなり

大濠公園花火大会

打ち上げの音轟く部屋に横臥して画面にひらく花火見てをり

一瞬のオレンジ色の花きえてわづかに曳けるひかりのしづく

くれなゐの菊のはなびら闇に散り今年かぎりの花火なりけり

横臥できぬ左を庇ひ横向きに寝たまま二十日《はつか》間の炎暑を越えつ

土用干しできざるままに畳紙の白大島の麻の葉模様

大いなるシャボンの玉は光《て》りながら吹かれてゆけり道のむかふに

中央区荒戸二丁目

いつしかも寒露は過ぎてくさむらに青紫の桔梗の咲けり

鋲打たれし御門の板もことさらに古びてみゆる秋の日差しに

午前四時過ぎの机から桐箱の蓋が落ちたり木の音たてて

夾竹桃の白きをあふぎゆく道も此の月かぎりの大濠の苑

二三本のながき蕊みゆ秋の日にすがれかけたる黄の曼珠沙華

みづのべをゆきたるのみの歩みにてけふは一羽の白鷺も見ず

ふりかへる藍色の鹿うるほひて古染の鉢のかたすみにあり

泰山木の濃ゆき繁りの葉の先が尖りてゐれば泣きたくなりて

水面《すいめん》を見つめ動かぬ白鷺の一羽の白が鮮明にあり

黒門の道を来たりてかげりゆく舞鶴橋の石畳越ゆ

岸の辺の道のかたへにひめぢよをんの影のかそけき夕べなりけり

暮れ残る水のおもてにしづかなる舟をうかべて秋の街川

秋から冬

逝く秋の風吹く夜をしろく反るひとつかけらの初期伊万里かな

寒き雨降り来しなかを帰り来て七畳半に明かりを灯す

立春

注射器に抜きとられゆくくれなゐ暗きいろを見てをり

風花の窓にながるる日もありて熱に起き伏す一月二月

屋上の給水管を凍らせて春日の町に雪つもりたり

あたらしきステンレスなる鍋ひとつ床にうつりて光れる真昼

うつりきてなほ平積みにつむ本の山のうへにも春立ちにけり

白水《しろうず》の園をたづねてゆく道の春立つけふの野辺のわかくさ

肥後椿

きさらぎの二十九日は寒かりき電停のうへ雪が舞ひ来て

城の階降りてけぶらふしろたへの梅咲く質部屋跡も過ぎたり

肥後椿ゆふべ木下にわが立てばあはれましろき花を落として

きさらぎの薄きひかりに照らされてまなこに白し肥後の椿は

しろじろと降り来る雪にあくがれて船場橋ゆく足先寒く

青銅の色うつくしき春の夜に蠟型鋳銅の香炉を置けり

染井吉野

目を病みてあふぐ並木のさくらばな下之橋御門の堤に浄し

塀越えて白かがやける花みればたちまちすぎし歳月あはれ

満開の染井吉野のひともとは切なく花をひらきてゐたり

仲春の暁寒しこれの世に咲きて散りゆく今年のさくら

ふるびたる宮の庇にちる花が下ゆくわれの髪にも散り来

晴天の一日花を見てゐたりわれのまなこの今生の白

白詰草の花咲く上を飛び跳ねる雀みてをり日傘の蔭に

舗道《しきみち》に枝をかかげて咲く花の幹くろぐろと立ち尽くす見ゆ

うすずみの彼の遥かなる歳月をただ滔滔と散りゆくさくら

初期伊万里

遠つ世の鳥ひとつとぶ初期伊万里あかとき寒き卓上に置く

いにしへの伊万里の皿に藍の鳥ひとつ浮きゐる絵の中の空

江戸初期の藍九谷なる鳥の絵の小皿を拭ふ春の夜更けて

青葦

みなづきの大濠のそらけふ晴れて岸辺に青き葦のなびきぬ

遠くより水のほとりにみえてゐる青そよぎゐる葦のひとむら

青々と立つ葦原をわが行けばせつなかりけり日の照る道は

葦原にさせるひかりの目に沁みて立ちてをりたり水のほとりに

傘さしてゆく葦原に照りかへす梅雨の晴れ間の日ざし鋭し

水の辺に立つ青葦の二、三本折れて影あり土のおもてに

夏ちかき葦のかたへをゆく道の水際を蹴り鳥が翔び立つ

吹かれてはまた立ちかへる葦の葉の揺るる光をみてをりわれは

ゆくりなく逝きたる人を悲しみて立ちてをりにきこの葦の辺に

かなしみは四年を過ぎて揺れやまぬ葦一本《ひともと》のうつつなりしを

空よりも濠にあかるき光あり夕べかがやく雲をうつして

水の辺に吹かれて青きひとむらの葦にひとりの歩みとどめつ

草舟

対岸のさくらの木立に余花白し葦のほとりに立つうつしみに

ゆく苑にかすかに風のながれあり花アカシアの白房うごく

夏ちかき苑に来たれば舗道に音なく降れるゑんじゆの花は

亀ひとつ頭のみ水に出てゐればあたまは妙にリアリティーあり

泰山木のうへに五年の月日ありかなしみ過ぎて梢上の白

西海岸の先住民のホピ族の祖先は草の舟に乗りたり

ゑのころぐさ

ねこじやらし揺るる野に立つうつしみは朝のひかりのなか歩み来て

朝の日にとぼしく照りて草の花あはれ小径の端にひかるも

しろじろと雑草ひかる川岸を八月ゆふべあゆみてゆけり

しづかなる雨のあがりて道はたの蚊帳吊草に花かすかなり

雨あがる塀にあふれて葉をひろぐ初雪蔓のけふのしろたへ

ゆふぐれに白き木槿の萎れつつ古りたる家の軒先低し

晩夏光まとひて靡くゐのころの穂のかぎりなく白きたかはら

酔芙蓉

くれなゐの南天の葉を揺らしたる風あり古き屋敷の塀に

ゆく道に日の差しをりて何もなしその日おもてを踏みつつあゆむ

街川のしづかに暮れて立つ鷺の青白きまで見えくるゆふべ

ゆくりなく芙蓉のひらく道に来て覚めたるごとく花におどろく

ゆふぐれの橋のたもとの酔芙蓉うすくれなゐに立ちてゐたりつ

うすべにの芙蓉のはなびら透けてみゆ花のなかゆく蟻をとどめて

桃色のイス

おかあさんと呼ぶこゑのしてふりかへる天神地下街雑踏の中

梵鐘を見つめゐるとき追憶はたちまち過る痛みをもちて

子の年を数へ会へざる日をかぞふ十二年余のわれの歳月

井戸水を汲みあげ襁褓洗ひたる日も遥かなり射干の咲きゐて

ただ一度孫に会ひにき桃色のイスに坐りて小さかりにき

初冬

朝の日のひかりに公孫樹一木立つそのめぐりにて秋気澄みたり

霜月の時雨に濡れて苔あをき光明禅寺の昼しづかなり

青銅の麒麟の背にひかりある雲をうつして冬の太宰府

ひと月も前より両の目の手術怯えつつ来て師走に入れり

蓮根のむなしき穴を嘆きつつ目の手術日の直前となる

骨折

あるかなきかの段差に転び年の暮れ肋骨二本を折りたるわれは

単純な打ち身と思ひ寝てゐたりひと日棺の木乃伊のごとく

両の目の手術入院に来たる身は整形外科に運ばれてをり

元旦の風にひらめく手水舎の手拭白し日に照らされて

あらたまの筑紫の国の大濠に群れしろじろと浮く百合鷗

冬日差す水のほとりは明るくて鷗のこゑのひびき降るなり

あばら骨折れたる冬を寂しめば枯葉が吹かれて道を渡るも

紅梅

風の吹く朱雀をゆきて小さなる踏切越えつ冬の日暮れに

久留米にて「高嶺」に誘ひくれたりし四人のうちの三人は亡し

歌集「冬湖」熊本よりけふ届きたり絶詠三十首の厳かにあり

梅の香のかすかに流れ来るごとき三月ゆふべの坂をのぼれり

石垣のとぎれし間《くわん》にくれなゐのふいにさびしき昼の梅みゆ

うつし世の枝に点れるくれなゐを梅の林に立ちてみてをり

逝きたりし幾人と会ふ坂道の此岸彼岸の梅はくれなゐ

畳にひとり

小雨ふる城跡遠くけぶらひて眼下に霞む花のくれなゐ

ゆく苑の桜の道に冴えざえと傘打つ雨の音をききをり

苑ふかく視野をよぎりて降る雨に木の間の道のしづかなりけり

春宵のうすくれなゐの花びらにこの世に光る雨つぶの見ゆ

咲き満てるさくらの枝のさ揺らぎをその枝先を立ちてみてをり

精霊のごとくにしろく咲き満ちて桜大樹はしづまりにけり

年どしに城跡に来て坂のうへの染井吉野のこの年の花

春の雨ベランダくろく濡らしつつ卯月十日の畳にひとり

天守台みおろす花のかさなりは薄くれなゐの海のごとしも

さみだれの那の津の港うすずみに霞みてならぶ岸の舟見ゆ

山門の深きみどりを降り来て笹の新葉にふる雨の音

浴槽にしづみゐるとき隣室の排水管をながるる音す

桜の便箋

寡婦となりて間のなき人より簡潔な優しき言葉の文が届きつ

新年《にひどし》の会より人と帰り来て風吹く赤間の駅に別れぬ

夜の卓に読まむとひらく便箋のはなびら幾つ浮きたつごとし

行間のうつくしき手紙とどきたり九月ここのか風のやむころ

黄葉

銀杏散る土のおもてを寂しめば風がとほれり葉をうごかして

ぎんなんの実のつぶれゐる参道の脇道入ればば水仙の花

のぼり来し最上段の石段はくれなゐの葉を一つ置きたり

天つ日にゆくかなしみのごとく光《て》る公孫樹はなべて遠き黄のいろ

かなしみて来たれるわれに浄らなる空気しづかに流るる覚ゆ

落葉降るひかりのなかを平野二郎国臣像が空に聳ゆる

土のうへ風船葛の落としたるさみどりの色ひろひて帰る

大宰府

いにしへの大宰府朱雀門を思ふかな行きかふ人の領巾ひらめきて

参道の樟の大樹はひえびえとみづからを抱き寒露に入れり

一輪の紫うすく古寺の築地塀《ついぢ》を越ゆる秋の朝顔

御笠川の辺りかがやく穂芒をみつつ来たりぬ朱雀大路に

面影のうすくなりゆく歳月に棟の花をみることのなし

浮殿《うきどの》を過ぎてきらめく冬の日のひかり見てをり藍染川に

ちひさなる宮の祠の裏道に欅落葉の薄きを踏みつ

十五代片岡仁左衛門献梅の枝にしづかに点るくれなゐ

立冬過ぎて

泥濘の川のおもてにひとすぢに細き流れは光りつつあり

立冬の黒門川に沿ひてゆく雲ひかる中洲のながれを見つつ

悲しみのほどけるごとし立つ橋に川のひかりを見下ろしをれば

しづみゆく日輪今しも真紅なり栴檀の枝にすこしかかりて

じやがいもの面取りしつつ生涯の飲食おもへばはるかなりけり

窓辺よりこゑあるごとく立ち上がるひかりあまねし立冬過ぎて

目薬の木

境内に黒田官兵衛の祖父重高の目薬の木が突如あらはる

契丹の風と名のつく博多人形を立ちて見てをりショーウインドウに

洋子ちゃんと山口の会で呼びくれし渡辺民恵さんの遺影を見し夜

呆として動けるわれは部屋内の薄きクッションの端につまづく

曼珠沙華

小作《をざく》の駅に降り立ちあゆみ来し大正土手の曼珠沙華かな

ひと叢に入り日の射せばかがやきて天蓋花は天上の花

ゆく秋の堤に千の彼岸花さびしかりけり花首の立ちて

まんじゆしやげ日に照る野辺に亡き人の心に寄り添ひてゆく時ありき

茫々とひとつらの雁過ぎゆくも黄昏あかき雲のかたはら

ゆきゆきて遇ふ寂しさも彼岸花あかくれなゐに蕊をひろげて

夕ぐるる土手の隈みをあゆみ来てうつつに朱し彼岸の花は

禅林寺

風寒き師走なかばをあゆみ来て東谷山《とうこくざん》禅林寺《ぜんりんじ》の山門に立つ
もみぢ葉のあはれしづかに散りてゆき秋澄む赤となりゆくみ寺

紅葉のしぐれけぶりの禅林寺に音するごとく霧がうごけり

生誕と没年のみを記されて中里介山の墓の道標

朽ちかけて風の音のみ聞きてゐる介山の道標の六十九年

鐘楼に差す冬の日を寂寥の光とおもひ見てをりわれは

黄落や風の行く手の彼方まで日の差してゐる道のつづけり

吹かれゆく落ち葉の音の離れざる耳のみ生きてゐるごとき身よ

蔦もみぢ日に照る夕べをはかなみて寺坂の道あゆみてゆくも

冬の日の澄みたるひかり忘れゐぬ観音像の肩にあたりて

くれなゐに散るさびしさも寺庭の河川敷のみゆる窓の辺へ

ゆくりなく来る郷愁はいづこよりきたるか多摩川の河川敷ゆく

まぼろしのごとく戦げる寺坂の竹の林も暮れてゆきたり

暮れまぎれゆくかりがねの二つ三つ吹かれてさむく西空に消ゆ

冬の日

歳晩のけふもたちまち夕ぐれて仮寓の町に鐘の鳴るなり

一本の巨きケヤキが立ちてゐる羽村の堰にゆく道の辺に

けやき落ち葉こころに沁むるごとき音たてたり舗道を吹かれゆくとき

冬木々の梢にひかりのある見えてめぐりてゆかな武蔵阿蘇宮

孟宗の竹の林の道ゆけばきさらぎ午後の薄日がさせり

エジプトの仮面がテレビにうつる夜《よ》の風つよき町に雪のふり来る

雪やみてわれのゆくてに蠟梅が黄の光沢にかがやくゆふべ

雪残る日にわが見たる蠟梅はおもちゃのごとき質感ありて

石上寺あふぎてひとり佇むに熊谷さくらはいまだ芽吹かず

ゆふべより臥りてゐたる枕辺に日は差し込みてわれを照らせり

白梅

如月の寒き日暮れてわれひとり臥す六畳に白梅《しらうめ》の花

三月やひがしの空の明けきたる窓辺に寄りて書をひらくかな

雲切れてあかるむ街の見下ろしに屋根一つ越え梅ひらく見ゆ

熱に臥す睦月如月過ぎゆきてけふ眼下《まなした》に梅咲けるみゆ

六階のベランダに立ち見下ろせる屋根の向かふの白梅のはな

武蔵野の春きたりなば見下ろせる街の白梅ただに白くて

みおろせば梅の林のしろたへの満ちたるひかり　匂ひ来るなり

硝子窓のなかに見てをり梅のはな白きが光る風にうごきて

白梅はわが七年に寄り添ひて咲きてくれたり人逝きしのち

寒かりし梅一本《ひともと》にさしてゐし午後の光もかげりてゆきつ

冬の日はたちまち翳り見下ろせる林のなかに梅の白しも

あとがき

本集は私の二十七年ぶりの第二歌集です。だいたい最近の七年間の作品をまとめました。太宰府は昔から行ってみたい街でした。歌集名「朱雀」は、古代のことにも心惹かれますが、その地名の美しいこと、文字の形や響きにも愛着があってつけました。現代の朱雀の街は普通の家が整然と並んでいるだけなのですが、目的もなくただ歩いてゆくと視えないものがみえたような不思議な楽しさと安らぎがありました。

この歌集の中にも、かけがえのない方々を亡くしました。

また悲しい時や落ち込んだ時に花や木、水のほとりを見に行くといつしか心が浄化されて驚くほど澄んでゆくようなことが幾度もありました。どれだけの修羅を抱えていたのかと思いますが多くは過ぎたことになるのでしょう。

長年素晴らしい選歌をしてくださっている小池光さん、入会を勧めてくださり最初の頃に選歌をしてくださった髙瀬一誌さん、いつも暖かく見守ってくださる蒔田さくら子さん、歌人は歳時記を読まなければと教えてくださった藤原龍一郎さん、中地俊夫さんをはじめ編集委員の方々、「子の会」の方々、古くから存じ上げている「短歌人」会員の皆様方にこれまでのことを心より御礼申し上げます。

また元「牙」会員という御縁により機会があれば教えてくださる阿木津英さん、島田幸典さん。自然にそうなったのですが「短歌人」の先達の御縁と共に、本当に恵まれためぐりあわせでした。

遥かな昔、超結社の山香短歌会の懐かしい方々、新聞投稿の平松茂男先生、昔の「牙」の方々、「八雁」北九州短歌会の方々、大勢の方々にお世話になりました。なりっぱなしです。

今から五年ほど前のことです。昔からの友人で現在は「八雁」会員の河野幸子さんがある日、列車の中で『青柘榴』が欲しいと言ってくださいました。もう保存用の歌集さえ無くなっていたので他県の人より彼女に一冊送ってもらいました。

暫くすると「貴女の才能が惜しい。このままでは。」と本気で言ってくださって…覚悟も姿勢も定まらず生活のほうに追われて直前に急いで作っていた私に、誰よりも「このままではいけない」と真剣に言ってくださった言葉が今でも強く心に残っております。

第一歌集の頃は、心の中に言いたいものが一杯あって、先ず、思いがあり、それから見るもの見る物がすべて短歌になっていたと。今は、それほどの思いも無く、されど「このままで」終わらないように。今日から真摯に向き合うのに遅いということはないと。それを心から待ってくれている友がいる。そのうえに昔より私の歌にかかわって来てくださった大勢の方がおりました。これほど幸せなことはありません。

いま、光いっぱいの秋のベランダを見ながら残されている時間に何かもう少しする為に生かされているのかもしれないなと思います。

最後に大変御多忙のなか心にしみるような美しい帯文を書いてくださった小池光さんに感謝致します。私にとって今、歌集を出版するのは厳しいことでした。丁寧なお仕事と、思い遣りのあるお人柄の六花書林の宇田川寛之さんでなかったらこの歌集は出版されませんでした。装幀家の真田幸治さんと共に心より御礼申し上げます。

二〇一九年十月

青輝　翼

著者略歴

「牙」（１年余在籍）を経て、
1983年11月　「短歌人」入会
1985年　短歌人新人賞受賞
1987年　短歌人賞受賞
1992年　歌集『青石榴』（砂子屋書房）、短歌公論処女
　　　　歌集賞受賞
現在、「短歌人」同人

朱雀

2019年11月19ヨ　初版発行

著　者──青輝　翼

発行者──宇田川寛之

発行所──六花書林
〒170-0005
東京都豊島区南大塚3-24-10-1A
電話 03-5949-6307
FAX 03-6912-7595

発売──開発社
〒103-0023
東京都中央区日本橋本町1-4-9　ミヤギ日本橋ビル8階
電話 03-5205-0211
FAX 03-5205-2516

印刷──相良整版印刷

製本──仲佐製本

定価はカバーに表示してあります
ISBN978-4-907891-90-9 C0092